AF286045

Impressum

Yes No Texas !

© 2008 Bergokow

1. Auflage Juli 2008

Herstellung und Verlag:

Books on Demand GmbH, Norderstedt

ISBN: 9783837054804

Bibliografische Information der Deutschen Nationalbibliothek
Die Deutsche Nationalbibliothek verzeichnet diese Publikation in der
Deutschen Nationalbibliografie; detaillierte bibliografische Daten sind im
Internet über http://dnb.d-nb.de abrufbar.

Buy-In

Es liegt in der Natur der Dinge, dass Tage gut, sehr gut, schlecht oder sehr schlecht verlaufen. Ohne gute Tage keine schlechten und ohne schlechte Tage würden wir die guten Tage nicht wertschätzen. So weit so gut Freunde. Manche Tage liegen aber irgendwo dazwischen. Und dieser Tag lag auch irgendwo dazwischen, aber eher im grauen Bereich. Schon auf dem Weg zum Flughafen wusste ich, dass der Tag nicht wirklich positiv verlaufen würde, vor allen Dingen, weil ich mich am Abend vorher übel aufgeregt hatte.

Ich will euch das erklären: Habt ihr eine Vorstellung davon, über welche Fähigkeiten ein Fußballspieler verfügen muss, wenn er - sagen wir - in der Oberliga kickt? Unterschätzt das bitte nicht. Ohne ordentlich was auf der Lunge und einer gewissen Spieltaktik kommt man nicht mal auf die Ersatzbank. Von den technischen Fähigkeiten einmal abgesehen. So ein Oberligakicker, der kann auch 20 Minuten in der 2. und manchmal auch in der 1. Liga mithalten, aber dauerhaft phänomenale Leistungen sind dann doch eher selten. Nun es ist so: Meine Freunde und ich, wir spielen kein Fußball. Davon sind wir weit, sehr weit, entfernt. Hatte ich schon erwähnt, dass wir Poker spielen? Ja genau Poker - und ich behaupte auf Oberliga-Niveau.

Genauer gesagt spielen wir Texas Hold'em Poker. Noch genauer No Limit Texas Hold'em. Und das ist keine Randsportart. Wenn man in eine Pokerrunde kommt und weiß vorher nicht, was gespielt wird, so ist es meistens Texas Hold'em, sei es als Turnier oder als Cash-Game, Limit oder No-Limit. Seit Rounders und Chris Moneymaker ist das so. Seit Rounders und Chris Moneymaker ist der Siegeszug dieser Spielvariante nicht mehr zu stoppen.

Im Fernsehen - vor allem im DSF und Eurosport - wird fast ausschließlich Texas Hold'em Poker gezeigt. Keine andere Variante bietet so viel Action wie diese aufregendste Form des Pokers. Jede Hand ist anders, und es gibt unendlich viele Möglichkeiten zu gewinnen, oder aber eben auch zu verlieren.

Etwa eine Viertelmillion Deutsche spielen regelmäßig Online-Poker und machen Poker damit zum ungekrönten König der Spiele im Web. Das DSF erreicht im Schnitt 200.000 Zuschauer pro Turnierübertragung. Bis Ende 2008 sind laut DSF 800 Stunden Poker im Programm eingeplant. Schätzungen ergeben, dass derzeit etwa 260.000 deutsche Poker-Spieler im Internet aktiv sind. Weltweit spielen fünf Millionen Menschen Online-Poker, um Einsätze von insgesamt $60 Mrd. Nur das mal eben zu den Fakten, Freunde.

Obwohl ich mich schon in einem etwas

fortgeschrittenem Alter befinde, im Leben und im Job wirklich gut dastehe und ich eigentlich irgendwelche Hollywoodstreifen für Teens und Twens hinter mir lassen sollte, ist Rounders mein ultimativer Lieblingsfilm. Matt Damon und Edward Norton als völlig begnadete Pokerspieler. Mir ist völlig unverständlich, warum dieser Top-Film nicht in deutschen Kinos zu sehen war. Ich habe ihn mehrere Dutzend Mal gesehen. Jeder, der Poker spielt, sollte ihn gesehen haben. Nein, eigentlich sollte ihn jeder sehen, ob Pokerspieler oder nicht. Nach dem Gewinn der WSOP 2003 behauptete Chris Moneymaker, dass Rounders sein Schlüsselerlebnis war. Meins auf jeden Fall, Chris.

Chris Moneymaker ist übrigens der echte Name des Gewinners der World Series of Poker 2003. Seine Geschichte beschreibt ein modernes Märchen, das wohl so ziemlich jeder kleine Online-Poker-Gangster wiederholen möchte.

Sie begann damit, dass Chris das Buy-In für die WSOP durch ein Satellite-Turnier beim Online-Poker gewann und endete mit dem Preisgeld von $2,5 Mio. Christopher Brian Moneymaker hatte vor diesem Turnier drei Jahre Poker gespielt, jedoch nie in einem Live-Turnier. Er hatte es wirklich schwer am Anfang, als er Johnny Chan zu seiner Rechten und Phil Ivey zu seiner Linken sitzen hatte. Ideale Pokernachbarn haben andere Namen. Chris jedoch spielte wunderbares Poker.

So weit die Legende und ob das alles nun stimmt oder nicht oder ob finstere Marketingstrategen der Online-Portale die Moneymaker-Story konstruiert haben - anyway. Ich für meinen Teil stehe auf Chris, aber vor allem auf seine Legende.

Meine Aufregung am Vorabend hatte selbstverständlich auch etwas mit Poker zu tun. Stefan Raab der Allesfernsehmacher hat

Pokern entdeckt. Ich meine, das ist immerhin besser als bei VIVA Gitarre zu spielen oder sich beim Wok-Rennen den Hals zu brechen. Also Stefan will auch vom Pokerboom profitieren und lässt sich seine Show obendrein noch von PokerStars sponsern. Alle Achtung Stefan, von dem worum es beim Pokern wirklich geht, nämlich Geld von anderen in die eigene Tasche zu transferieren, also davon verstehst du eine ganze Menge. Mit dir und PokerStars haben sich die zwei Richtigen gefunden.

Die weltweite Kampagne von PokerStars geht nämlich zurzeit in die nächste Runde und unterbricht jetzt auch Stefans Pokerformat mit nettem Marketing. Im neuesten TV-Spot der Gaming-Plattform tanzt Boris Becker mit einer dunkelhaarigen Schönheit Tango und erklärt: „Poker ist wie Tanzen. Du musst dich ganz auf deinen Partner einstellen. Den Rhythmus spüren. Jeden Schritt vorhersehen. Die Führung nie aus der Hand geben. Und genau zu wissen, wann du dich trennst. Weck den Spieler in dir".

Zumindest was Angela Ermakowa angeht, hat Boris sich an sein Konzept gehalten. Auf den Partner einstellen, den Rhythmus spüren und die Führung nie aus der Hand geben oder dem Mund - was weiß ich. Und ob Boris so pokert? Keine Ahnung. Also Boris, bleib bei Babsi, Angela, Sabrina oder wem auch immer. Aber bitte nicht beim Pokern.

Also Raab hatte jetzt wieder eine illustre Runde von B-Promis, andere hätten das Geld nötiger, am Start mit Leuten wie Axel Stein, Hugo Egon Balder, Elton, der gutes Anfängerpoker spielt und irgendeiner Janine, die ein wirklich abscheuliches Poker zum besten gab und auch sonst nicht gerade mit Geistesblitzen brillierte. Janine geh doch zu Big Brother oder noch besser nach Hause. Ein bekanntes Poker-Sprichwort sagt: Man braucht nur eine Minute, um Texas Hold'em zu lernen, aber ein ganzes Leben, um es zu beherrschen. Dem ist nichts hinzuzufügen, aber Janine braucht dafür definitiv mehrere Leben.

Ein Beispiel:
Elton 2/5 – Janine 10/7 – Flop A/3/8 – check – check - turn 4 - Elton zur Straight raist - Janine foldet – schauderhaft – kein Abfragen kein Druck.

Noch eins:
Axel Stein A/4 - Hugo Egon Balder 10/Q – Flop 8/7/2 - Hugo Egon All-In - Stein foldet – OK, Hugo Egon, vielleicht sehr riskant - aber immerhin mit Verve.

Mein Lieblingsmove:
Raab zieht sich die Sonnenbrille auf, raist Hugo Egon richtig fett rein, die Dealerin legt den River und Raab sagt sofort: „Ich hab ein 7er

Pärchen." Darauf die Dealerin: "Es gibt aber noch ´ne Wettrunde." Raab ist ganz verdutzt. Hugo Egon geht umgehend All-In - er hatte ohnehin die bessere Hand - worauf Raab natürlich foldet und fast seinen gesamten Stack los ist. Unglaublich!

Mein Lieblingsspruch nach dem Stefan mit Nix gegen ein Full House verloren hat: „Konnte ich ja ich nicht ahnen!" Noch unglaublicher!

Nee is´ klar - darum geht's beim Poker oder genauer gesagt, darum geht es gerade nicht, also man sollte schon was ahnen. Also Stefan nichts für ungut aber lass dich doch lieber noch mal von Regina Halmich verprügeln. Da machst du eine bessere Figur. Sieh dir mal die Kommentare auf der Pro7-Page an. Die sind eindeutig.

Und deswegen habe ich mich geärgert. Dafür bin ich bis spät in die Nacht aufgeblieben, um meiner Leidenschaft zu frönen, obwohl ich doch zum Flughafen muss, um mit Jack in die Staaten zu fliegen. Also ich hab mich wirklich geärgert und bin etwas aggressiv unausgeglichen.

Stack

Aber zurück zum Anfang. Dass der Tag nicht wirklich positiv verlaufen würde, machte mir außer dem Vorabend auch der Taxifahrer klar, der wie ein Verrückter durch Frankfurt gerast war, so dass ich mir fast den viel zu heißen und noch dazu viel zu starken Kaffee über die Hose geschüttet hätte. Außerdem roch es in dem Taxi wie zehn Wunderbäume verschiedener Duftrichtungen, wobei die Note Marihuana eindeutig überwog. Diese Sorte Taxifahrer ist zwar schon fast ausgestorben, aber dass paßt einfach zur Ouvertüre eines eben nicht wirklich positiven Tages.

Das Schlimmste hörte ich jedoch im Radio „… ein Unwetter zieht über die Mitte des Landes herein, vermutlich wird es starken Regen mit orkanartigen Böen geben…" Großartig dachte ich mir, auch das noch. Zum Glück kam ich wenigstens noch pünktlich am Flughafen an, um den Flieger, der ja vielleicht doch noch nach New York fliegen würde, zu erwischen. Hoffentlich war Jack schon am Schalter, dann konnte ich meine schlechte Laune wenigstens mit ihm teilen. Immerhin, er war schon da, ich sah ihn von weitem, Jack kann man auch eigentlich nicht übersehen. Seine große Statur, seine pechschwarzen gegelten Haare, seine übergroße Gucci-Sonnenbrille mitten im Gesicht, wohlgemerkt: draußen waren es 12 Grad, die Sonne hatte man das letzte Mal vor gefühlten acht Monaten gesehen. Ich sah schon, dass es Ärger geben würde, so wild wie er gestikulierte.

Jack, mein langjähriger Geschäftspartner stand schon immer auf der Sonnenseite des Lebens. Bei manchen Leuten ist das eben so. Der größte Coup war ihm Anfang der neunziger Jahre mit dem gelungen, was wir beide jetzt zusammen machen. Um es grob zu umschreiben, wir kaufen Kisten für 2 Euro, verkaufen sie für 5 Euro und leben von den drei Prozent. Noch Fragen? Gut. Jack lebt seitdem jedenfalls auf der Überholspur. Er hat die ganze Welt gesehen, lebt ein Leben in Saus und Braus mit Maus. Seine Ehefrau Linda passt genauso perfekt in sein Leben wie der Rest. Sie hatte er damals im Urlaub auf Barbados kennen gelernt, drei Monate später waren sie verheiratet. Linda war früher Model, heute kümmert sie sich darum, dass alles bestens in Ordnung ist, wenn Jack mal nach Hause kommt.

Und dann überbrachte mir Jack die Botschaft, dass der Flug nach New York höchst wahrscheinlich nicht mehr gehen würde, da das Wetter zu schlecht sei. Die hübsche Dame am Schalter bat uns, vorerst in der Lounge der Fluggesellschaft zu warten bis es eine endgültige Entscheidung gäbe. Das bedeutete für Jack und mich, dass wir unseren dicken

Fisch in New York, mit dem wir einen richtig fetten Deal abschließen wollten, vertrösten mussten. Na ja, das war wohl erst mal nicht zu ändern – eben ein grauer Tag.

Mein Blick schweifte über die anderen wartenden Fluggäste und ich sah jemanden, dem das Magazin „Der Spiegel" einen zehnseitigen Bericht und ein mehrseitiges Interview gewidmet hatte. Hinter Jack und mir stand Frank Block!

Dieser große grobschlächtige Typ, der vor kurzem zum dritten Mal hintereinander ein Turnier der European Poker Tour gewonnen hatte. Einer der erfolgreichsten Pokerspieler Deutschlands, ein überragender Turnierspieler, der in den letzten Jahren Preisgelder im siebenstelligen Bereich gemacht hat. Von der Online-Casino-Werbung mal ganz abgesehen. Frank Block würde also mit uns fliegen. Vorausgesetzt wir würden überhaupt fliegen.

Ich stieß Jack in die Seite, um ihm zu zeigen, wer da mit an Bord wollte. Jack und ich spielten häufiger entweder mit Freunden oder im Casino - das sollte ich vielleicht noch erwähnen.

Ich sage es ganz offen heraus. Wir sind wirklich sehr ordentliche Spieler. Ich meine das in der Tat aufrichtig. Die meisten Menschen denken Poker sei ein Glücksspiel. Wer jemals Rounders oder sonst einen Pokerfilm gesehen hat oder sich sonst wie mit Pokern beschäftigt hat, der weiß, dass das nicht der Fall ist. Und wenn man es selbst spielt, dann weiß man es auch. Warum treffen sich immer dieselben Leute im Finale der großen Turniere? Warum wohl? Es ist etwas komplizierter. Wir stehen auf dem Standpunkt, dass Poker sowohl Glückspiel als auch Skill-Game ist. Im Pokerspiel offenbart sich durchaus, ob jemand Phantasie und Initiative hat oder nicht. Pokern ist auch Denksport, ein Strategiespiel. Um es kurz zu machen - Poker ist eine Mischung aus Roulette, Skat, Schach und Strategie.

Wäre Poker ein reines Skill-Game, so würden die schlechteren Spieler ihr Geld einmal verlieren und wären dann bedient. Poker enthält jedoch gerade so viel Glück um schlechten Spielern glauben zu machen, sie wären für eine Profikarriere geboren. Schlechte Spieler glauben das - Gott sei Dank für die guten Spieler - oftmals eine viel zu lange Zeit und kehren immer und immer wieder zurück an den Tisch. Und seit dem Pokerboom wird die ganze Sache noch besser für die guten Spieler und noch schlechter für die schlechten Spieler. So gut wie jedes Studenten-Internet-Klugscheisser-Pokerwunderkind glaubt, dass es den Skill-Faktor hat.

Online-Poker hat die Pokerwelt radikal verändert. Online-Poker hat seinen eigenen Dresscode, man darf sogar mit Shorts in´s

Casino. Die Anzahl der jungen Spieler bei den großen Anbietern wie PartyPoker, free-888.com oder PokerStars ist riesengroß, und täglich kommen Tausende hinzu, die ihr Glück versuchen. Um die kümmern sich die Haie. Zurzeit behaupten eben wirklich alle, dass Poker natürlich kein Glücksspiel sei. 90% dieser Poker-Addicts sind Long-Term-Looser. Das haben wir jedenfalls beobachtet. In der schönen, neuen Pokerwelt finden sich viele begabte junge Leute – in der Tat, das meine ich wirklich – aber alle erzählen einem, wie viel sie gewinnen. Natürlich stimmt das meistens nicht, wo es Gewinner gibt, da gibt es auch Verlierer. Mittlerweile unterwerfen sich ganze Studentengenerationen dem Spiel. Vorsicht, es können nicht alle gewinnen - wir liegen jedenfalls momentan vorne.

Ich denke, das liegt vor allem an der richtigen Attitude. Bitte nicht falsch verstehen. Pokerspieler sind keine Unmenschen. Wir auch nicht. Wirklich nicht. Beim Pokern würden wir allerdings die eigene Oma in die Insolvenz schicken. Wir würden auch unsere Eltern, unsere Freundin und unseren Hund ausnehmen, wenn Flop, Turn und River das hergeben würden. Diese attitude ist zwingend erforderlich. Da ist sich die Pokerfamilie ausnahmsweise einmal einig. Noch entscheidender ist jedoch die Lust am Poker. Lustlosigkeit am Spiel ist tödlich.

Eins ist nämlich klar: Hat man bei der Arbeit einen schlechten Tag, dann ist das so und nicht zu ändern. Hat man jedoch beim Poker einen schlechten Tag, so ist das nicht nur eine miese Situation, man verliert noch dazu Geld. Und leisten können sich die meisten von denen das Spiel sowieso nicht. Aber ein Spieler wird eben nicht von anderen Spielern vom Spielen abgehalten. Um es mit Brandon Adams zu sagen: "...something is wrong when the best minds of our generation are calculating pot odds." Anyway. Jack und ich können uns das Spielen jedenfalls mehr als leisten, wahrscheinlich spielen wir deswegen überdurchschnittlich.

Preflop

Wir gingen also in die Lounge der Fluggesellschaft und warteten ab, was passierte. Da Jack durch seine zahlreichen Flüge und sonstigen Stunts mittlerweile den Vielfliegerstatus hinter sich hat, stand uns die Lounge im First-Class-Terminal zur Verfügung. Eben nicht irgendeine Lounge. Wenn man Jack Wheeler heißt, gibt man sich nicht mit dem Gewöhnlichen zufrieden. Diese Lounge steht nur einem elitären Kreis zur Verfügung, wie in diesem Fall uns. Jack sei Dank!

Ich hatte noch geglaubt, dass wir trotz allem noch abheben konnten und dass der Tag besser werden würde. Mittlerweile wurde das Rollfeld jedoch immer voller, scheinbar blieben ab jetzt alle Flugzeuge, die am Airport Frankfurt landeten am Boden, kein Flieger stieg mehr hinauf Richtung Himmel. Die Ankündigung des

Sturms trat ein, es wurde draußen immer dunkler und die Windhosen auf dem Rollfeld wehten bedrohlich stark hin und her.

Nach geschlagenen fünf Stunden Wartezeit wurde die Ansage durch die Lautsprecher verkündet „… der Flug mit der Flugnummer FAM 2419 – NY 0205 ist aufgrund der schlechten Wetterlage gestrichen." Unser Flieger würde aufgrund der Wetterlage frühestens am nächsten Mittag eher am frühen Abend starten können, unsere Fluggesellschaft spendierte für diejenigen, die wollten einen Hotelaufenthalt in einem immerhin akzeptablen Haus. Wir entschieden uns für das Hotel, alles andere wäre noch viel umständlicher gewesen.

Dort angekommen, verabredete ich mich für eine halbe Stunde später mit Jack im Hotelrestaurant und um noch etwas aus diesem nicht wirklich positiven Tag zu machen, beschlossen wir noch einen Drink in der unprätentiösen Hotelbar zu nehmen. Hier trafen wir auf die übliche Thekenbesatzung von vielleicht 10 Personen, unter ihnen auch Frank Block. Er saß in einem schweren Leder-Ohrensessel, in dem Menschen mit einer gewöhnlichen Figur und Statur, wie ich beispielsweise, versinken würden. Block jedoch füllte den Sessel tatsächlich aus, er sah weder mickrig noch verloren darin aus. Intuitiv schoss mir durch den Kopf, dass seine Körpersprache vielleicht ein Grund für seinen Pokererfolg sein könnte. Block wirkt einfach überzeugend, er signalisiert die Nuts.

Beim Live-Poker fragt man sich doch immer: Blufft er oder sind seine Karten wirklich so gut?

Da die meisten Menschen dazu erzogen werden, immer die Wahrheit zu sagen, verhalten sie sich entsprechend anders, wenn sie bluffen. Das bedeutet Stress für den Körper, man wird rot oder fängt an zu zittern. Viele

Menschen sind nicht in der Lage diese Stimmung zu verbergen. Sie können noch so sehr versuchen es zu verbergen, man sieht ihnen die zwei Könige auf der Hand einfach an. Es ist ganz einfach. Schlechte Spieler sind stark, wenn sie schwach schauspielern und umgekehrt. Spieler, die Blicken ausweichen, bluffen meistens und Aufrichten der Sitzposition erfolgt bei starker eigener Hand. Soweit zumindest die herrschende Pokermeinung. Und so sah Block aus, obwohl er einfach so in einem Sessel ohne Karten saß. „I´ve got the Nuts!"

Und dann erinnerte ich mich an die umfangreiche und detaillierte Reportage im Spiegel. Meine Gedanken schweiften ab über das, was er in dem Interview erzählt hatte. Was weiß ich über Frank Block?

Leicht hatte er es im Leben nie gehabt. Seine Mutter war bei einem Verkehrsunfall ums Leben gekommen, da war er noch ein Kind. Sein Vater, ein arbeitsloser Trinker, konnte ihm nie eine Hilfe sein. Frank musste ihn nahezu jeden Abend betrunken aus der Waldschenke im Dorf holen und mehr oder weniger nach Hause tragen. Doch ein Gutes hatten die allabendlichen Besuche in der Kneipe für den Jungen schon: er lernte die Karten kennen. Wenn sein Vater sich mal wieder nicht vom letzten Glas Bier loseisen konnte, sah Frank anfangs nur den Alten beim Skat zu, später spielte er selbst mit. Und diese Leidenschaft für die Karten wurde immer intensiver, bis er mit 16 Jahren anfing zu pokern. Das war der Beginn seiner Karriere. Und er hatte Erfolg.

Es ist unnötig alle seine Anfangserfolge, Rückschritte und Entwicklungsstufen näher zu erläutern. Aus dem Artikel ging neben seiner offensichtlichen Begabung noch etwas anderes hervor. Ich sage euch, wenn man Teenager ist und vielleicht fett oder picklig oder arm oder sonst irgendetwas wenig elegantes, dann hat man es verdammt schnell satt nach seiner Herkunft beurteilt zu werden. Frank Block wollte nicht mehr gehänselt werden wegen seiner unförmigen Figur und seiner Grobschlächtigkeit, er wollte endlich etwas machen, womit er es allen beweisen konnte, wofür er Neid und Anerkennung ernten würde. Er wusste schon von klein an: Mitleid bekommt man geschenkt, Neid muss man sich dagegen hart erarbeiten.

Das Pokerspielen erlaubte ihm also von der Opferseite auf die Täterseite zu wechseln – und das ohne Waffen. Er wollte siegen. Und das tat er von da an in Serie. Zwar verdiente er durch das Pokerspielen einiges, er hatte jedoch hauptberuflich einen kleinen Bauernhof irgendwo in der Nähe Frankfurts auf dem er Viehzucht betrieb.

Man könnte ihm deshalb eine Art „Bauernschläue" unterstellen, da sein Äußeres und sein Wirken nicht zu seiner Poker-Spielweise passen. Denn diese ist phänomenal. Er ist nahezu unlesbar, er spielt absolut tight, Frank ist der personifizierte Stone-Killer. Seine Starthände spielt er dann, wenn sie gut sind und vor allem diszipliniert. Um zu gewinnen beherzt er die Regel: mit guten Händen im Durchschnitt mehr zu setzen als mit schlechten. Seine Spielweise ist legendär. Langfristig gleichen sich Glück und Pech aus. Bei Block geht es darum, die Entscheidung mit der maximalen Gewinnaussicht zu treffen, egal, was folgt. Ein guter Pokerspieler raist und foldet optimal. Die eigentliche Herausforderung besteht also darin, möglichst oft die richtige Entscheidung zu treffen. Wie immer ist alles irgendwie Psychologie.

Wie in Rounders: Du spielst nicht mit den Karten, du spielst mit den Menschen. Block ist nicht irgendein Poker-Spieler. Er ist brilliant. Seine Fähigkeit das richtige Timing zu haben, ist wie bei einem guten Golfer: eine große Portion Können, viel Gefühl und ein bisschen Glück. Er hat sich nie darauf verlassen, einfach nur ein guter Lügner zu sein und Tells gut lesen zu können. Er konzentriert sich auf die Karten, studiert sie. Er hat nie versucht loose zu spielen, davon hält er gar nichts. Seine Devise lautet: tight spielen ohne großartige Moves. Er beherrscht die Philosophie der Potgröße perfekt.

Klar verliert auch ein Frank Block beizeiten, doch er orientiert sich daran, dass die Pots, die er gewinnt, im Durchschnitt immer größer sind als die, die er verliert. Er setzt mit guten Händen viel und mit schlechten wenig. Und das zu beachten, dass macht ihn eben zu dem Spieler, der er heute ist. Nicht umsonst hat er sich diesen Ruf verdient. Er hält seinen Pot klein, wenn es nicht gut für ihn aussieht und häuft ihn an, wenn er einen Lauf hat. „Big hands are for big money" - einfach aber wahr!

Dabei ist es erstaunlich, wie viele Spieler ständig große Pots mit schwachen Händen callen und kleine Pots mit starken. Das ermüdet auf Dauer. Wenn Frank Block also sein Set gefloppt hat, dann kreisen seine Gedanken nur noch um die Frage wieviel Geld er jetzt rausholen kann. Hat er die Nuts sorgt er dafür, dass das Erkennen der Lage beim Gegner zu spät erfolgt. Ist wenig im Pot und viel im Stack erst abwarten und dann: „give your opponent the bad news of a big bet". Entweder er foldet oder man gewinnt richtig. Willkommen in der Welt der Long-Term-Winner. Frank Block braucht dazu keine ominösen Bluffs, er legt ein normales Verhalten an den Tag. Die Fehler der anderen müssen immer größer und vor allem kostspieliger sein als die eigenen, so holt Block die großen Pots. Das beherrscht er bestens. Er stellt seine Gegner vor schwierige Situationen, stellt ihnen Fallen. Er setzt seine Gegner unter Druck und versucht selbst nicht in eine solche Situation zu geraten. Wie gesagt, Big Stacks sind sein Ding. Seine bevorzugte Waffe ist der Hammer der Bets, er spielt meisterhaft mit der Zukunftsangst seiner Gegner.

Je mehr Geld man übrig hat, desto mehr Kraft besitzen die Bets. Eine 100 Euro All-In-Bet auf dem Turn hat nicht ansatzweise so viel Kraft wie eine Bet von 100 Euro, wenn man noch 1.000 Euro vor sich liegen hat. Soweit David Slansky - wie immer hat er recht. Ich sage euch Leute, nutzt die Angst der Weak-Tight Spieler und vertreibt Gegner aus hohen Pötten mit noch höheren Bets. So macht das Frank Block.

Denn viele Spieler geben ihre zu vielen Hände nicht rechtzeitig auf oder bei sehr hohen Wetten zu früh. Sie callen zu oft, raisen aber zu selten. Der größte Fehler ist jedoch, dass sie mit etwas zu schwachen Händen zu viel Geld in den Pot investieren und häufig verlieren. Ich kenne einen Spieler, der so Haus und Hof verloren hat. Wirklich gute aggressive Spieler erhöhen, wenn überhaupt, vor dem Flop und spielen dann die Continuation-Bet auf dem Flop riskant. Sind die Einsätze auf dem Turn und River hoch, sind sie gefährliche Gegner und spielen dann brutal mit der Zukunftsangst ihrer Opfer. Doch dieses etwas fragwürdige Pokertalent, eine ernsthafte Bedrohung dauerhaft glaubwürdig darzustellen oder zumindest zu suggerieren, das haben nur große Stacks und besitzen nur wenige Spieler, unter anderem eben Frank Block.

Tight

In der Bar sitzen Jack und ich, den Gin Tonic vor uns auf dem Tresen und Block in dem riesigen Sessel etwas seitlich und Jack sagte: „Ich will, dass Block beweist wie gut er ist. Ich will ihn spielen sehen". Also Freunde mit ziemlicher Sicherheit liegt hier ein Fall von spielerischer Arroganz gepaart mit Naivität vor. Obwohl wir beide über ausreichend Spielerfahrung verfügten, waren wir selbstverständlich nicht ansatzweise gut genug. In dem unwahrscheinlichen Fall, dass Block sich überhaupt mit uns einließ, würde er uns vom Tisch wegblasen. Ohne eine ordentliche Portion Glück würde ohnehin nichts gehen. Eigentlich hätte ich es mir denken können.

Es liegt in der inneren Logik, dass ein Mensch wie Jack, der sich selbst als coolen Gewinner sieht und es gerade deshalb wahrscheinlich auch ist, unmöglich seine Pokeraffinität verleugnen konnte, geschweige denn Block ignorieren. Was folgte war das übliche und meist aussichtslose Ritual zwischen Star und Fan. Unnötig es wiederzugeben, Block argumentierte ganz ruhig Richtung Jack, er solle ihn in Ruhe lassen, er habe es nicht nötig sein Können unter Beweis zu stellen. Ich denke, das dürfte Euch klar sein.

Jacks Performance ließ mich jedoch nicht daran zweifeln, dass er zum Ziel kommen würde, er redete weiter und weiter gebetsmühlenartig auf ihn ein. Und noch was ließ mich nicht daran zweifeln, dass Block mit uns spielen würde. Jack hatte das, und zwar reichlich, wovon ein Pokerspieler nie genug haben konnte: Geld. Und weil Jack sich niemals mit einem Nein zufrieden gibt, benutzte er in einer unglaublich selbstverliebten, überheblichen Sekunde einen ganzen Haufen von diesem mächtigen Köder. „Ich setze

100.000 Euro als Preisgeld aus, wenn Sie gewinnen. Ich regle alles mit dem Casino, in Wiesbaden haben wir ein sehr renommiertes, alles findet in einer neutralen Atmosphäre statt. Es wird ein „Shoot-Out-Turnier" geben, der Sieger kriegt alles. Interesse?"

So in etwa war der Dialog abgelaufen. Jack hatte Block tatsächlich überredet, er machte mit. Scheinbar war das Angebot, doch zu verlockend in einer Nacht, in der er ohnehin auf ein Flugzeug warten musste, um solch eine doch beträchtliche Summe zu spielen. Ich denke nach wie vor, dass es ihm nur ums Geld in dieser für ihn günstigen Gelegenheit ging. Er hatte es nicht nötig irgendwem zu zeigen, wie gut er ist. Und was Jack angeht - nun gut. Für ihn wäre ein Verlust von 100.000 Euro nicht weiter auffällig, aber wer verliert schon gerne auch nur einen Cent. Immerhin würde Jack im Casino das Format festlegen können. Wer bezahlt bestimmt und schließlich konnten wir nicht tagelang spielen.

Wir waren jetzt also zu zweit - zu zweit gegen einen echten Champion. Ehrensache, dass ich Jack sein Geld zurückgebe, ich tippe darauf, dass er fifty-fifty macht. Das wäre immer noch eine schöne Stange Geld nur um gegen Block anzutreten, aber die Pokerhistorie ist voll von Anekdoten über ähnliche Situationen mit weitaus größeren Einsätzen.

Der Milliardär Andy Beal hatte 2001 in Las Vegas im Bellagio's nach Gegnern gesucht, die $10.000 zu $20.000 Blinds mit ihm spielen würden - unglaubliche Blinds, die einen Pot bis zu einer Million möglich machten. Die wenigen professionellen High-Limit-Spieler Doyle Brunson, Ted Forrest, Chip Reese, Jennifer Harman und Howard Lederer, die sich dies leisten konnten, hatten sich darauf in einem Pool zusammengetan, um gegen immer höhere

Einsätze anzutreten. Unser Spiel würde natürlich wesentlich kleiner sein, aber wir hatten ja schließlich auch nicht das Format dieser Spieler. Hilfe für uns wäre nicht schlecht, wobei Jack nicht Jack wäre, wenn ihm das nicht klar gewesen wäre.

Den Jungen am anderen Ende des Raums, hatte ich den schon erwähnt? Ich glaube nicht. Aber Jack fixierte ihn schon länger und meine Intuition sollte sich bestätigen als sich Jack mit einem „wir werden die Verhältnisse verbessern" auf den Weg machte und kurz hinter dem jungen Typen stehen blieb, der fast verliebt auf seinen Laptop starrte. Dieser junge Kerl wäre auch mit uns geflogen, ich hatte ihn schon am Flughafen gesehen, weil er irgendwie eine komische Erscheinung war. Spindeldürr, seine Haare waren etwas rausgewachsen, er sah aus, als hätte sein Gesicht seit Jahren die Sonne nicht gesehen, so blass war seine

Hautfarbe. Ganz das Gegenteil von Block und das soll jetzt kein Witz sein.

Im Herstellen von Kontakten ist Jack wirklich erste Liga. Als er sich zu unserem potentiellen Partner setzte, eröffnete er wiederum jene gekonnte Kommunikation, die dem Gegenüber nur eine Wahl lässt, nämlich weiterzukommunizieren.

„Weißt du, was das ist?", fragte Jack und legte eine schwarze Karte auf den Tisch. „Das ist die Hauptkarte eines Centurion Card Kartenkontos. Die Centurion Card ist die wertvollste und außergewöhnlichste Karte der American Express Familie. Sie steht nur einem kleinen Kreis von Mitgliedern zur Verfügung. Sie wird aus Titan handgefertigt. Für den Erhalt einer American Express Centurion Card muss du mindestens einen Jahresumsatz von $250.000 über die Platin-Karte gemacht haben. Erst dann hört dir Amex bei einer Anmeldung zur

Centurion überhaupt zu. Mit dem Centurion Card Service ist ein individueller Concierge-Service 24 Stunden am Tag, 7 Tage die Woche verbunden. Das eröffnet Optionen. Ich sage dir, es gibt verdammt wenig weiße Tauben auf Ibiza. Wenn aber 35 weiße Tauben auf Ibiza in 24 Stunden zum Geburtstag einer - sagen wir mal - guten Bekannten aufsteigen sollen, dann ruft man beim Amex Concierge Service an.

Der Name, der auf dieser Karte zu finden ist, ist meiner. Hast du mich verstanden? Gut, dann wollen wir mal über Poker sprechen. Spielen scheinst du ja zu können, wie ich sehe. Ich bin mir sicher, dass du diesen Typen da drüben an der Bar kennst. Wenn nicht- das ist Frank Block. Und wie die Dinge liegen, werden wir mit ihm um einen etwas höheren Betrag spielen. Du spielst jetzt seit ungefähr einer Stunde Online-Poker. Die Frage ist also, ob wir dich in unserer Runde mitspielen lassen. Die Frage ist also, ob du gut genug bist."

„Sehr witzig Mann. Diese Frage ist wohl hier und jetzt schwer zu beantworten – also, was soll das...."

„Dann versuchen wir das mal anders. Kennst du Dario Minieri?"

„Den kennt wohl jeder."

„Nun ja, jeder nun auch wieder nicht. Aber das du ihn kennst ist schon mal ein gutes Omen für dich. Also Junge, ich fass das noch mal für Dich zusammen. Dario Minieri wurde berühmt, als er sich als erster Spieler überhaupt einen Porsche bei PokerStars gegen seine FPP´s tauschte, obwohl er noch keinen Führerschein hatte. Seitdem ist einige Zeit vergangen, aber erfolgreich ist der Italiener, der wesentlich jünger als du sein dürfte, mehr als je zuvor. Eine Turniersession am Wochenende könnte so aussehen, dass er den $10.000 High Stakes Showdown im Vorbeigehen mitnimmt und eben mal so $50.000 kassiert. Dann belegt er Platz 1 beim $5.200 Sunday Freezeout, bei dem der Sieger $100.000 bekommt, gegen Profis wie Darrell Dicken, Chris Lee und Barry Greenstein. Allerdings teilte er und nahm sich „nur" $50.000. Was also denkst du über Dario Minieri?"

„Er kann nur raisen, sonst nichts."

„Das sehe ich auch so."

Jack musterte den Jungen noch einen Moment. Wisst ihr, manchmal habe ich das Gefühl, Jack leidet unter Größenwahn. Funktioniert das wirklich? In meinem Verständnis kann man sich nicht einfach so zu jemanden hinsetzen und Dinge sagen wie: „Hi, mein Name ist Jack Wheeler. Ich habe dich schon die ganze Zeit beobachtet und ich glaube an dich! Ich will heute Abend im Casino ein dickes Ding steigen lassen. Bestimmt hast du schon den fetten

Typen drüben in dem Sessel gesehen? Das ist unser guter alter Frank Block. Der Name dürfte dir wohl ein Begriff sein. Ich habe den alten Block überredet, dass er spielen wird. Ich will, dass er uns beweist, wie gut er ist, aber wer verliert schon gerne viel Geld? Ich habe ihm einen Gewinn von 100.000 in Aussicht gestellt. Wenn du gewinnst, würde ich dir anbieten, dass du 10.000 kriegen würdest. Ja genau, deine Eintrittskarte zur nächsten WSOP. Ich will, dass du gegen ihn antrittst, dass du ihn fertig machst. Erzähl mir was von dir und deiner Spielweise, damit ich auch weiß, auf welches Pferd ich hier setze. Also alles in allem: friss oder stirb."

Jack glaubt eben, mit Geld könnte man jeden ködern, der Erfolg gibt ihm ja auch meistens Recht. Hier kam noch etwas anderes dazu. Der Junge wollte ebenfalls mit uns in die Staaten fliegen. Jack hatte die magischen Buchstaben

WSOP ins Spiel gebracht und die leuchtenden Augen waren ihm nicht entgangen.

Die '''World Series of Poker''', oder kurz '''WSOP''', ist eine Reihe von Pokerturnieren, die jedes Jahr ausgetragen werden. Das Hauptturnier, welch Wunder, ein 'No Limit Texas Hold'em Turnier, verlangt einen Buy-In von $10.000 und ist das prestigeträchtigste Pokerturnier überhaupt. Der Gewinner kann sich mit Fug und Recht als Pokerweltmeister bezeichnen. Der Ursprung stammt aus dem Jahre 1949, als Benny Binion zwischen Nicholas „Nick the Greek" Dandalos und Johnny Moss einen Pokermarathon veranstaltete. Nach fünf Monaten endete das Turnier mit dem berühmten Satz des Griechen „Mr. Moss I have to let you go" und ein reicher Johnny Moss verließ den Tisch. An der WSOP 1970 nahmen sieben Spieler teil. Der Sieger wurde damals noch von den Mitspielern zum Weltmeister gewählt. 2003 nahmen 839 Spieler am "Main Event" teil und mit Chris Moneymaker gewann erstmals ein Onlinequalifikant und Amateur obendrein das Turnier. 2007 waren es bereits 6.358 Teilnehmer. Der Sieger bekam über sieben Millionen Dollar. Moneymaker sei Dank.

Das Turnier repräsentiert in der Szene den Olymp, den jeder Spieler gerne besteigen würde. Aber $10.000 plus Hotelkosten für zwei Wochen, das kann sich nun mal nicht jeder leisten. Die Onlineplattformen verdienen ein Vermögen mit Satellite-Qualifiern. Ich denke, es war die Aussicht der Teilnahme an der WSOP, die den Jungen zuhören ließ. Es war die Aussicht auf den Thron. Wer würde nicht gerne auf eine solche Großwildjagd gehen und mit dieser Trophäe prahlen?

Loose

Philipp Schreiber fing an zu erzählen. Früher als er noch zur Schule ging, habe er nur gelegentlich gespielt. Normales Elternhaus eben. Mal mehr, mal weniger gewonnen und es hätte ihm immer Spaß gemacht. Irgendwann hatte ihn mal eine Freundin verlassen, der Gitarreunterricht in der Musikschule war auch ätzend langweilig geworden, spielerisch und mathematisch begabt sei er - Pokerrunden im Keller, dann Online-Poker mit Freunden - ihr wisst schon. Das sind die Jungs, die so ziemlich jeden Abend vor einer großen weißen Wand sitzen, auf die der Beamer Pokerleben zaubert.

Wir hatten also einen Online-Spieler vor uns, den Prototypen der neuen Pokerwelt. Interessiert an Karten und sozialisiert durch das Web. Ein typischer Vertreter seiner Rasse, von denen sich, wie gesagt, alle für oberschlau halten und von denen, wie gesagt, 90 Prozent Long-Term-Looser sind.

Allerdings spielen sehr viele von denen zumindest zeitweise wirklich gutes Poker. Die meisten dieser Leute haben mehr Hände gesehen als alle Cowboys in irgendwelchen verrauchten Saloons zusammen genommen. Die zurzeit ungeheure Masse an Spielern erzwingt geradezu ein verbessertes Spiel, eine neue Art von Trendsport. Schließlich kann man Wimbledon auch nicht mehr mit dem Schläger und der Spielweise von Björn Borg gewinnen. Die Vielzahl der täglichen Onlinepokerstunden sind der eigentliche Grund, warum diese Jungs mittlerweile so gut spielen. Online-Poker ist schnell, sehr schnell. Ein Gedanke jagt den anderen, die Finger ruhen unentspannt auf der Maus.

Diese Jungs haben alle ihre ersten Hände schneller verloren als sie überhaupt hin sehen konnten. Preflop 10/J - raise - mitgegangen - Flop 9/J/2 – wieder mitgegangen und im Showdown gegen K/K verloren.

Oder aber Pocket 8 – raise, reraise eingefangen und gefoldet. Aber einige von denen, und das sind weltweit mittlerweile viele, haben nicht aufgegeben. Im Gegenteil. Sie haben alles über Poker gelesen, gesehen was es gerade so gibt, Theorien studiert und ausprobiert. Sie spielten auf die Weise sehr viele Hände, viel mehr als im Live-Game. Die Erfahrungen, die sie dabei in Form einer Pokerdruckbetankung sammelten waren Gold wert. Gerade Anfänger haben extreme Probleme entweder mit dem Tempo oder aber weil sie zu ungeduldig agieren. Disziplin zählt. Und wenn bei uns doch einmal Langeweile aufkommt, weil mehrere Stunden lang keine Overcards als Starthand kommen, dann macht man eben einfach einen zweiten oder dritten Tisch auf - kein Problem. Parallelwelt neben Parallelwelt. Witzig ist dabei, dass man dieselben Spieler ebenfalls an mehreren Tischen trifft. Nebenbei - das ist der Fluch des Web. Wenn mehrere gute Spieler an mehreren Tischen spielen, dann erhöht sich leider auch ihr Gesamtanteil im Online-Poker. Im Grunde hat man immer dieselben Probleme, bloß auf einer höheren Ebene.

Philipp erzählte uns natürlich auch seine Anekdoten. In der Onlinewelt können einem in der Tat skurril anmutende Situationen passieren, noch skurriler als am Live-Table. „Also ich spiele an einem Nachmittag vielleicht bei Pokerstars, ja ich weiß, da spielt niemand – genauso wie niemand die BILD liest - ist komischerweise trotzdem immer voll, also ich spiele die beiden Räume mit den charmanten Namen „Galatea" und „Timandra" gleichzeitig. In beiden Räumen mit Small Blind 5$und Big

Blind 10$ sitzt „Tigerjones79" mit am Tisch. Ich halte 7/8 suited und 9/10 suited als Hole-Cards in beiden Räumen und habe Mittelposition. In beiden Räumen raist nun Tigerjones79 auf 30 $. Ich raise zweimal auf 120 zurück. Ich hatte bis dahin in der Tat unglücklicherweise etwas zu loose gespielt und lag deshalb auch in beiden Räumen hinten. Jetzt war Aggressivität gefragt. Tigerjones hatte das sehr richtig analysiert und machte den aus seiner Sicht einzig richtigen Move. Er reraiste saftig auf 250$ - wohlgemerkt in beiden Räumen.

Online-Poker ist ja in erster Linie technisches Poker. Man braucht kein Pokerface weshalb die gesamte psychologische Komponente, außer beim Setzen, eine geringere Rolle spielt als beim Live-Game. „Was mache ich denn jetzt? In beiden Räumen will der mich vertreiben. Egal! Los drauf. Mir war sehr wohl bewusst, dass zum Raisen überhaupt keine Veranlassung bestand. Im Online-Poker laufen die Runden schnell ab, so dass man nicht lange auf eine gute Hand wartet. Also Reraise mit zugegebenermaßen naiven Moves in beiden Räumen wiederum zurück auf 500$. Im Raum Galatea kamen 7/7/8 und in Timandra 8/J/Q. Tigerjones wurde zum Kätzchen. Man konnte ihn durch die unendlichen Welten des Web hindurch brechen hören. Im Chat war nur sein „nh" zu lesen - zweimal. Der hat gekriegt, was er verdient hat!"

Philipp erzählte weiter über seine Software. Er war unbestrittenermassen technisch begabt, also zumindest benutzte er Pokertracker, ein weiteres Indiz dafür, dass er was mit Advanced-River-Play anfangen konnte. Gerade beim Online-Pokern gibt es allerhand zu beachten. Anfänger machen sich darüber keine Gedanken, aber die Karten A/A gibt es nun mal sehr selten. Es fängt schon bei der Platzwahl an. Zur Linken dürfen keine guten Spieler sitzen oder solche mit einem wesentlich höheren

Stack, die Druck ausüben können. Eine ewige Pokerregel lautet: "Make friends with the guy on your left. On the poker table, the money flows clockwise." Bei Auswahl des entsprechen Rooms ist natürlich die Frage, wer gerade drin ist von entscheidender Bedeutung. Philipp kannte natürlich eine ganze Menge von Spielern oder besser gesagt deren Avatare und sammelte mit dem genialen Hilfsprogramm Pokertracker eine Fülle von Informationen über ihre Wettmuster. Er konnte so über RussianJo76, Wildsnake oder Saruman ziemlich genau sagen, ob sie tight oder loose spielten oder ob sie nach Raise/Reraise eher folden. Das hat natürlich eine Menge Geld eingebracht.

Überhaupt ist es schon interessant, welche Namen unsere Freunde so wählten. Die größten Bösewichter der Literatur von LouCfr, Skylla und Hotzenplotz bis zu Kinofilmen wie Darth Vader und Octopus sind vertreten. Dabei macht es gerade höllisch Spaß den Stack von Michael Myers klein zu machen, das seht ihr doch auch so - nicht wahr?

Außerdem sind alle diese Jungs höchst narzistisch. Die Webcasts bei Youtube und Myvideo sind voll von selbstverliebten Auftritten. Nicht umsonst gibt es jetzt mit PokerStars.tv eine neue Video-Site, die sich diesen Sachverhalt zu Nutzen macht und damit Consumer bindet. Manche Namen lassen auch Schlussfolgerungen auf die lieben Mitspieler zu. Es ist erstaunlich, wie viele unbedacht ein Pseudonym wählen, dass etwas über sie aussagt. Auch das nutzen Jungs wie Philipp weidlich aus. Die Kunst liegt darin, persönliche Schwächen des Gegners zu erkennen und aufzugreifen. Ist er zu dick, zu dünn, schwitzt er, hat er keine Haare mehr auf dem Kopf, hat er ein Schrottauto, was sagt sein Web-Image aus? Manchmal klappt´s, manchmal aber eben auch nicht.

Als er gegen Arafat85 spielte, hat Philipp im Chat Ben Gurion hochleben lassen. Nach mehreren wüsten Beleidigungen raiste unser Freund Arafat etwas unbedacht, was am Ende $2.300 einbrachte. Der Hammer aber war sein Pseudonym Lil_girl_90. Mal abgesehen von den Hinweisen im Chat auf bestimmte Längen von Geschlechtsteilen, Standvermögen und schlechten Witzen war tatsächlich einer blöd genug, seine Email-Adresse in den Chat zu schreiben. Dem hat er natürlich schöne Fotos geschickt. Bis jetzt beträgt sein Vorsprung zu ihm $2.700.

Philipp redete weiter: „Eigentlich kann ich über mich selbst sagen, ich bin eine „mutiple level thinking person". Hört sich komisch an, aber das ist eindeutig meine Stärke. Das ist auch der Vorteil, den ich anderen Spielern gegenüber habe. Das multiple Denken: hört sich einfach an, hat aber eine enorme Wirkung. In der Tat. Es hat natürlich viel damit zu tun, Hände perfekt lesen zu können. Es ist besser gesagt, die Fähigkeit Aktionen zu analysieren und die Erkenntnis daraus dafür zu nutzen, die Hände der Gegner möglichst genau zu erkennen. Dabei gibt es verschiedene Ebenen. Die erste, besser gesagt die nullte Ebene, ist die, in der ich weiß, was ich habe und damit weiß, welche Hände ich schlage und von welchen ich geschlagen werde.

Auf der ersten Ebene denke ich darüber nach, was der Gegner hat. Macht er eine große Bet, wird er wohl eine gute Hand haben. Dann, auf der zweiten Ebene, denkt der Gegner über meine Hand nach. Natürlich macht er sich auch seine Gedanken, welches Blatt ich haben könnte. Von daher ist es wichtig einzuschätzen, ob mein Gegner aufgrund meiner Aktionen meine Hand einschätzen könnte. So schlage ich den Typen! Also nach dem Motto. Ich habe und ich weiß, dass du weißt, dass ich weiß und wenn du denkst dann denkst du nur du denkst."

In mir stieg der leise Verdacht auf, dass Philipp seine Pokerleidenschaft nicht ganz so souverän meisterte, wie er uns Glauben machen wollte. Auf meine Frage nach der Länge seiner Spiele, gab er zu verstehen, dass er sehr lange, also mehr als 10 Stunden an mehreren Tischen gleichzeitig spielte. Wenn häufiges oder auch episodenhaft wiederholtes Spielen mit einer ausgesprochenen gedanklichen Beschäftigung bezüglich Spieltechniken erkennbar ist, ist zumindest ein sehr starker Spieldrang vorhanden.

Ob Philipp wirklich süchtig war, kann ich bis heute nicht wirklich sagen. Aber er und seine Pokergeneration sind definitiv auf diesem Weg. Das Spielen selbst dient dazu, Problemen oder negativen Stimmungen zu entkommen; immer höhere Beträge werden eingesetzt, um Spannung und Erregung aufrecht zu erhalten. Versuche, dem Spieldrang zu widerstehen, scheitern wiederholt, das Spielen selbst wird vor anderen verheimlicht, die oft schwerwiegenden finanziellen Konsequenzen führen letztlich oft zum Zerbrechen von Beziehungen. Das Spielen selbst ist schon eine Kunst, das Aufhören noch eine wesentlich größere. Nach der anfänglichen Gewinnphase erfolgt meistens relativ rasch der Aufprall, wobei mit angeblichen Gewinnen geprahlt wird und Verluste bagatellisiert werden. Was dann folgt, ist in der Weltliteratur und in Hollywoodfilmen eindringlich zu besichtigen.

Online-Poker ist eine wirklich ernste Angelegenheit. Die Grausamkeit des Dealerbuttons kennt keine Gnade und hat keinen Respekt, auch nicht vor Pokergrössen. Das hat erst kürzlich Phil Ivey schmerzlich erfahren müssen, als er bei Full Tilt an einem kleineren Tisch saß und unfähig war, den Mindest-Buy-In für einen größeren Tisch aufzubringen. Seine gesamte Bankroll war futsch – a lot of Money nach einer Loosing

Session gegen trex313. Der Chat-Dialog zwischen Ivey und trex313, bei dem Phil Ivey um Geld bettet, ist jetzt schon ein Klassiker in der Online-Szene, da Phil das verbotene Wort der Pokerszene, das Anathema, benutzte: Broke.

Um mehr Klarheit über seinen inneren Zustand zu bekommen, fragte ich Philipp daher nach seinem Bankrollmanagement. Wie das ein Spieler macht und ob ein Spieler das überhaupt macht, hat enormen Einfluss auf sein eigenes Selbstverständnis, auf sein Lebensumfeld und damit auf seine Spielweise. Bevor nämlich ein Spieler nicht die nötige Bankroll zusammen gesammelt hat, sollte er tunlichst vermeiden, einen Ausflug in höhere Regionen, sprich Blinds zu unternehmen. Dasselbe gilt umgekehrt für einen Downswing.

Philipp nannte mir tatsächlich als Faustregel 25 - 30 Table-Buy-Ins für das jeweilige Limit zur

Verfügung zu haben. In der Regel ist das maximale Table-Buy-In, also das Geld, das man höchstens mit an einen Tisch bringen darf, bei 100 Big Blinds, was im Fall von $0.05/0.10 also $10 entspricht. Für dieses Level, auch NL10 genannt, sind somit mindestens $250 (besser $300) von Nöten um sich erst einmal sorgenfrei darin bewegen zu können. Bei $5 / 10 Tischen sollte die Bankroll also etwa $30.000 betragen.

Wirklich überzeugt war ich nicht. Über soviel Geld verfügte er mit an Sicherheit grenzender Wahrscheinlichkeit nicht. Im Web existieren unzählige Seiten, die sich damit befassen, wo wer wann wie viel und warum gesetzt hat. Mit dem nötigen Geschick und Ausdauer kann auch aus wenig Startkapital ein großes Vermögen werden, aber das kann eben manchmal Jahre dauern. Es gibt tausende von Parametern, die Einfluss auf den eigenen Umgang mit Geld haben, wie die eigene

Winrate pro 100 Hände oder das Auscashverhalten. Zumindest aber seine Antwort zeugte von jener Selbstdisziplin und Geduld, die gefragt ist, um sich Bankrottsituationen zu ersparen. Seine Antwort machte mir auch klar, wie tief er schon im Pokerleben drinsteckte.

Ohne Frage, Philipp war unser Mann. „Das reicht mir schon", sagte Jack. In seinem Gesicht sah ich Jack an, dass er sich freute wie ein kleines Kind, das es nun bald losgehen würde, das alles wieder so geklappt hatte, wie er es wollte. Das er derjenige war, der das Geschehen dominierte, das Zepter in der Hand hatte und letztendlich seinen Willen bekommen hatte.

Big Blind

Natürlich gab es für Jack noch einiges zu erledigen. Vor allem führte er ein Telefonat mit dem Amex Concierge-Service. Die würden das Nötige organisieren, da war er sich sicher. Immerhin sollte uns jetzt ein veritables Casino irgendwo Platz einräumen und das letzte was Casinos wollen, sind Pokerspieler.

Das liegt schlicht und einfach an den zu geringen Umsätzen am Pokertisch. Schaut euch mal einen Rouletttisch an. Da liegt bei einer Runde mehr drauf, als im Durchschnitt bei zehn Pokerrunden und das auch noch wesentlich öfter am Abend. Da lohnt sich kaum der Dealer, weswegen die Tischzahl auch meist begrenzt ist. Außerdem unterscheiden sich Pokerspieler in Aussehen und Denkweise erheblich von anderen Spielern. Vor allem die renommierten Spielbanken drängen die Poker-Community an den Rand.

Die Spielbank in Wiesbaden ist auch so ein Fall, deren Geschichte nach bereits 1771 erstmals eine Konzession für die damals üblichen und beliebten Kartenspiele erteilt wurde. Der Franzose "Chabert" pachtete 1834 die Wiesbadener Bank und zog 1847 mit 7 Millionen Goldmark fort. Wie war das noch? Am Ende gewinnt eben immer nur die Bank.

Bei seinem ersten Besuch hatte Fjodor Michailowitsch Dostojewski anfänglich Glück. Bei seiner zweiten Auslandsreise im Jahre 1865 verlor er seine ganze Reisekasse und schrieb in nur 26 Tagen Weltliteratur mit „Der Spieler". Seitdem glänzt das hessische Kurhaus weltweit.

Wir durchschritten die beeindruckenden Gartenanlangen von Dostojewskis

Wiesbadener „Roulettenburg". Der Casino Manager begrüsste uns persönlich - es war für ihn eine „große Ehre" Gentleman mit derartiger Reputation von befreundeten Kreditinstituten in seinem Haus begrüßen zu dürfen.

Selbstverständlich hatte der Amex Service alles arrangiert. Der Manager führte uns an den Roulettetischen und an der Bar vorbei und öffnete neben der Poker Area eine Tür. Uns stand ein separater Raum mit Tisch, Dealer, der alle dreißig Minuten wechseln würde, und der Consumer-Service so lange wie nötig zur Verfügung. Inmitten des Raums war ein Pokertisch aufgebaut, die Beleuchtung war angenehm dezent und der Dealer strahlte jene typische gelangweilte Kompetenz und Übersicht aus, die jeden Widerspruch überflüssig machen würde. Ich frage mich bis heute, mit welchem Betrag wohl der Concierge-Service Jacks Konto belastet haben dürfte.

Für ein Turnier war es eine etwas ungewöhnliche Situation. Mit vier Personen waren wir im Grunde genommen zu wenig. Die meisten Turniere werden als No-Limit-Texas-Hold´em-Turniere mit Freeze-out-System gespielt, d.h. es wird so lange gespielt, bis ein Spieler alle Chips besitzt und die anderen Spieler ausgeschieden sind. Auch Jack hatte sich für solch eine Shoot-Out Variante entschieden. Für ihn machte das als strategische Ausgangssituation allemal Sinn. Würde er gewinnen, hatte er nichts verloren - klar. Würde ich gewinnen, würden wir uns einig werden. Gewann Philipp waren 10.000 futsch und Philipp würde die nächste WSOP gewinnen. Einzig der Erfolg von Block musste unbedingt verhindert werden.

Hierzu zog Jack seinen nächsten Trumpf. Das Kräftemanagement ist von enormer Wichtigkeit, zeigt wer Siegerpotential hat. Viel Kraft und Konzentration muss für das Ende des Turniers aufgespart bleiben, da braucht man beides am meisten. Dieser Ratschlag hört sich simpel an, wird jedoch zu häufig unterschätzt. Wer zu schnell startet, dem geht oft zu früh die Puste aus. Was für Läufer gilt, trifft in gleichem Maße auf ein Pokerturnier zu. Ratsam ist es daher, zu Beginn des Turniers konservativ und zum Ende hin aggressiv zu spielen und genau so würde Frank Block gemäß seiner Spielanlage spielen.

Jack würde bezahlen also durfte er auch bestellen. Er legte 2.000 Startchips fest mit einer Blindstruktur von 10/20, 15/30, 25/50, 50/100, 75/150, 100/200, 200/400, 400/800, 500/1.000. Kein Rebuy, keine Ante, das wäre nicht notwendig. Keine Deals am Ende. Erhöhung alle 20 Minuten, womit ein sehr zügiger rasanter Verlauf zu erwarten war. Das Turnier würde wahrscheinlich zwischen zwei und drei Stunden dauern. Danach würde die innere Logik der Blinds das Ende schnell herbeiführen. Und außerdem wollten wir ja am nächsten Tag alle wieder zum Flughafen. Block seinerseits registrierte diesen Plot zwar ohne merkliche Reaktion, aber klar war, dass für alle wenig Zeit blieben würde, um auf Monsterstarthände zu warten. Diese Spielanlage lief der von Block entgegen. In meinen Augen begünstigte das vor allem Philipp, da Online-Spieler immer schnelle Moves machen und häufiger bluffen als im Live-Game. Vor allem bei so wenigen Kombattanten. Die Vorzeichen waren für uns also eher günstig. Jack hatte sein Schlachtfeld geschickt gewählt.

Raise

Als es losging, war ich in der Tat etwas nervös. Der Einsatz, der Gegner und die Umgebung blieben, mal abgesehen von Block, wahrscheinlich auf niemanden von uns so ganz ohne Wirkung. Ich bekam als erste Starthand Ac/9d und raiste dreifachen BB, obwohl mir schon bewusst war, dass man es die erste halbe Stunde ruhig angehen lassen sollte, man sollte konservativ spielen und ruhig werden. Dann hat sich normalerweise die Nervosität gelegt und der Adrenalinspiegel ist auf einem erträglichen Maß angekommen.

In der Anfangsphase eines Turniers steigen ungefähr 20-30% der Spieler aus, behalten einfach keine Nerven oder wollen zu früh zuviel. Selbst wenn man in dieser Zeit keine Hand spielt, hat man in der kurzen Zeit bereits ein Drittel der Spieler ausgesessen und wegen der niedrigen Blinds auch nur wenige Chips verloren. In unserem Spiel mit so wenigen Mitspielern sah die Sache leider anders aus. Und prompt lief ich der ersten Hand in ein Reraise von Philipp, der auf 120 erhöhte. Das war ein im Web sehr beliebter Move. Verdreifache das Raise. Das spricht meistens für ein Pocket Pair ab J/J aufwärts, mit dem gegambelt werden soll. Also Freunde, klarer Fold bei Turnierbeginn. Ich habe öfter schon die Erfahrung gemacht, dass es nie gut ist, die erste Hand zu gewinnen.

Der Standardsatz der Turnierliteratur lautet: „Chips change Value". Zu Beginn hat man noch viele Chips im Vergleich zu den Blinds. Wenn jedoch am Ende die Blinds sehr hoch sind und man relativ wenig Chips hat, haben die Chips einen höheren Wert. Eine aggressive Wette gegen einen Gegner mit relativ kleinem Chip-Stack hat einen größeren Effekt, weil es bei ihm Angst auslösen kann. Bei 2.000 Chips und

Blinds von 10/20 ergibt 2.000 durch 30 ein M von 66, also die Anzahl der Runden, die ich überleben kann, wenn ich nur die Blinds setze. M ist die wichtigste Größe in einem Turnier, da sie besagt, wieviel Zeit mir noch bleibt. Je niedriger mein „M" ist, desto weniger kann ich machen, bis mir am Ende nur noch der All-In-Move bleibt. Bei M über 20 war bis dahin bei uns allen alles OK. Also was soll´s, weiter ging es.

Eine Runde später floppte Jack mit K/10 bei 7/K/9 Top-Pair und raiste dreifachen BB. Er wurde von Philipp gecallt, der meiner Meinung nach etwas zu nervös und zu loose begann. Die aggressive Spielweise zeichnet sich dadurch aus, dass der Spieler 30% oder mehr seiner Hände spielt und somit nicht zwingend auf gute Starthände angewiesen ist, weil er durch seine aggressive Spielweise mehr Chips gewinnt als der konservative Spieler. Für diese Spielweise muss man sehr spielstark sein, da es oft darum geht, mit mittelmäßigen Händen zu gewinnen und gescheiterte Draws zu spielen. Es lagen 95 Chips im Pot. Jack setzte 100. Philipp raiste auf 300, Jack foldete - zum Glück für Philipp dachte ich - wahrscheinlich zu recht.

Erste Aktion von Frank Block. Raise vom Button. Call vom BB Jack. Der Flop zeigte 4/9/Q. Bei mir, einem nicht professionellen Pokerspieler, ist Betten oder Raisen zu Informationszwecken eine beliebte Taktik. Das gebe ich zu. Durch meine Bets versuche ich herauszufinden, wo ich mich befinde, aber exakte Informationen sind rar. Profis erkennen diese Situation präzise und bluffen dann gerne. Also erhöhte Jack weiter. Das hatte nicht nur den Vorteil, dass er weitere Informationen bekam, er hielt auch mit der Continuation-Bet den Druck aufrecht. „If u r in doubt – bet!" Richtig so. Aber jetzt erkannte ich zum ersten Mal die wirkliche Klasse von Frank Block.

Reraise auf einen Pot von 300. Er repräsentierte einen Straight Draw zumindest aber Top Pair und suggerierte durch seine Haltung Erfolg. Unlesbar. Jack foldete - again. Ich begann zu ahnen, weshalb Block Block war. Hatte er, der Stone-Killer, geblufft oder nicht?

Normalerweise will der konservative Spieler möglichst lange überleben und riskiert deshalb wenig, er spielt tight. Er spielt nur die besten Starthände und vermeidet All-In-Moves. Das Spiel ist daher sehr entspannend: entweder er kriegt ein gutes Blatt auf die Hand und spielt oder er schmeißt es weg. Das gleiche gilt für das Spiel auf dem Flop, entweder man trifft und spielt weiter oder ist raus. So treten sehr wenige Risiken für diesen Spieler auf. Ein weiterer Vorteil dieser Spielweise ist, dass sich dieser Spieler ein entsprechendes Rock-Image aufbaut. Aber bereits nach der ersten Hand konnte ich Block bereits nicht mehr einordnen.

Denn darum geht es beim Pokern: nicht lesbar zu sein. Ich begann zu begreifen, dass hier kein Fish sondern ein Shark saß, und dass dieser Shark reichlich Appetit auf Fish besaß. Seine Dominanz war jetzt schon greifbar.

Die Blinds stiegen auf 15 / 30. Ich geriet mit K/Q wieder an Phillipp. Ich raiste auf 45, Philipp auf 120 zurück – ich callte. Im Pot lagen 270. Ich sagte ja schon, dass er sehr nervös war. Ich glaube, er versuchte seinerseits Block zu beeindrucken, um den Druck auszugleichen. Das sprach für seine mangelnde Live-Erfahrung und auch für seine Arroganz. Spieglein, Spieglein an der Wand, wer hat den längsten...

Phillipp erhöhte die Aggressivität und wettete sehr hoch. Rambo ließ grüssen. Der Vorteil dieser Spielweise ist, dass vor allem zu Beginn der Partie die Chips erhöht werden können. Man benötigt sehr viel Glück und eine hohe Spielstärke.

Der Flop zeigte J/T/Q Rainbow - ein Flush war unwahrscheinlich. Ich hielt Top-Pair mit Straight-Draw.

Und jetzt noch mal ganz, ganz langsam. Ein Pokerspiel enthält vier mal dreizehn Karten jeder Farbe, also insgesamt zweiundfünfzig. Als Non-Professional denke ich vereinfacht an 50. Die Wahrscheinlichkeit, dass irgendeine Karte fällt beträgt also 1:50 oder einfacher gesagt 2%. Noch einfacher: Outs mal zwei pro Runde. Jede 9 und jedes Ass verhalf mir zur Straight, also vor Philipps Assen brauchte ich mich jedenfalls nicht zu fürchten. Ich hatte also 8 Outs zur Straight, insgesamt vereinfacht 16 % auf dem Turn und sollte ich den River ebenfalls sehen 32%. Also Top Pair Straight Draw und eine echte Ass Falle – Philipp konnte ruhig kommen. Das tat er auch und spielte mit 150 an. Ich callte und im Pot lagen 570. Der Turn brachte ein Ass. Philipp setzte 500, ich raiste auf 1.000. Philipp dachte lange nach und ging tatsächlich mit. Der River brachte eine 4. Bei solchen Siegaussichten ging ich All-In.

Der niederländische Kulturanthropologe Johan Huizinga schreibt in seinem Hauptwerk "Homo ludens": „Spiel ist eine freiwillige Handlung oder Beschäftigung, die innerhalb gewisser festgesetzter Grenzen von Zeit und Raum nach freiwillig angenommenen, aber unbedingt bindenden Regeln verrichtet wird, ihr Ziel in sich selber hat und begleitet wird von einem Gefühl der Spannung und Freude und einem Bewusstsein des ‚Andersseins‘ als das ‚gewöhnliche Leben.“

Jawohl, so ist es. Das Herz pocht. Willkommen beim Pokerspiel. Was immer passieren würde, Hauptsache Block kriegt die Chips nicht. Philipp foldete sein A/7 oder was immer er hatte und verlor damit die Hälfte seines Stacks. Für mich ging es aufwärts.

Nächster Auftritt Block. Preflop-Raise auf 100. Call von Jack. Der Flop zeigt 9/7/Q. Continuation-Bet von Block um 250. Hier wurde mir Blocks Spielkonzept weiter klar. Wenn die Pots noch klein sind und die Stacks noch gross, dann konzentrierte er sich darauf, mehr und höhere Bets von seinen Gegnern zu gewinnen und nicht nur den Pot zu schützen. Der Druck wirkte auf Jack. Er foldete.

Irgendwann kam dann auch die unvermeidliche Szene. Ich foldete 3/9 offsuit und der Flop brachte 3/9/9.

Die Blinds stiegen auf 25 / 50 und langsam wurde es Zeit aktiv zu werden. Durch die steigenden Blinds werden die eigenen Stacks sichtbar weniger, man sollte daher beginnen aggressiver zu spielen und die Anforderungen an die Hände zu senken. Um zu bluffen, ist der Zeitpunkt gut, wenn die Blinds erhöht werden. Die Gegner denken, die Blinds sind hochgegangen, die Chips sind in Gefahr. Lieber nichts riskieren und die Hand wegwerfen. Das ist der Moment zum Bluff! Und Philipp kam. Ich raiste mit T/J suited auf 150. Jack callte und Philipp ging All-In. Sein Stack belief sich jetzt auf 790 und hier schien er wohl die Gelegenheit zur Rückkehr zu wittern. Zumindest spekulierte er auf Jacks und meine 300. Ich spielte fold und nach angestrengten zwei Ich-denke-jetzt-mal-und-wäge-das-Risiko-ab-Minuten callte Jack tatsächlich. Wahrscheinlich witterte er hier die Gelegenheit sich abzusetzen und Druck auf Block aufzubauen. Zum ersten Mal horchten alle auf, selbst die bis dahin unauffällig und routiniert agierenden Dealer wirkten konzentrierter. Wie immer bei einem All-In lehnten sich die Nichtinvolvierten zurück während jetzt bei Jack und Philipp die Pumpe lief.

Block und ich schwiegen während der Dealer ein professionelles „Heads up" announcte. Jack zeigte A/J, Philipp K/9 suited Herz. Man konnte nun sagen, dass sowohl das All-In wie auch der Call an den Rand des Wahnsinns grenzten.

Ich sah und sehe das aber so, dass Jack seinen Call für profitabel hielt und damit richtig lag. Es war für alle offensichtlich, dass Philipp den Pot stehlen wollte. Bei Philipp wiederum blieb die Frage, ob es Wahnsinn ist mit K/9 suited All-In zu gehen. Im Grunde ja, wenn man nicht die absurd anmutenden Überlegungen des Erwartungswertes anstellt.

Also Freunde, stellt euch einen Würfel vor. Was wirft man wohl mit dem im Schnitt? Wahrscheinlich die Mitte zwischen 1,2,3 und 4,5,6. Und das ist genau der Erwartungswert beim Würfel, 3,5. Wirft man nun 10mal, so erhält man irgendwas um 35. Wirft man 20 mal erhält man 70, wirft man 30 mal erhält man 105. Probiert´s ruhig aus, es funktioniert. Überträgt man die Erwartungswertrechnung auf Starthand

A/K bei einem 1/2 No Limit Spiel so erhält man 332. Und das predigen die Hohepriester der Aggressivität Miller und Slansky ihrer gläubigen Piranha-Gemeinde: Hält man in einer 1/2 Partie A/K und hat weniger als 332, dann ist es besser All-In zu gehen und die 3 Blinds zu sammeln als zu folden. Diese irrsinnige Überlegung stimmt präzise, obwohl jeder klar denkende Mensch sich sagen würde, dass $300 zu riskieren, es nicht wert sind, um $3 zu gewinnen. Nach dem Erwartungswert stimmt das aber. Macht das 100mal und ihr werdet sehen, dass ihr, egal was vorher war, höchstwahrscheinlich $300 vorne sein werdet. Dazu müsstet ihr nur genug Geld mitbringen und auch sonst eine ziemliche coole Sau sein.

K/9 suited liegt mit 47,8 im Erwartungswert zwar darunter und wir hatten auch geraist, aber wenn man in dieser Logik dachte und wir waren nicht bei 1/2, sondern viel höher, dann konnte man das bei diesen Stacks und Blinds hier machen. Einzig mit dem Unterschied, dass es die Wiederholung nicht geben würde. „Only one chance" - es musste klappen. Das Board brachte K/J/5, Hoffnung keimte bei beiden auf, bis 2 und 7 Philipp zurückkatapultierten. Jungsiegfried war wieder da!

A/J gegen K/9 heisst bei All-Ins vor dem Flop 60 : 40 für A/J. Slansky hatte die Pokerwelt verändert und eine grosse Masse aggressiver Pokertechnokraten erzeugt. Wie gesagt, man gewinnt auch Wimbledon nicht mehr, wenn man wie Björn Borg spielt.

Für Jack wurde es jetzt ungemütlich. Er hielt noch etwa 1.000 Chips aber bei den ansteigenden Blinds sank sein M auf 13,3. Für ihn hieß es Umdenken, die Strategie musste geändert werden. Er hatte nur noch 10 bis 20 Runden bis zum Ausscheiden. Er musste jetzt mehr loose spielen und konnte nicht mehr nur noch auf Top-Hände warten. Kleinere Angriffe sind hier eher angesagt, da sie nicht so teuer sind und der Rückzug möglich ist, falls man auf Widerstand stößt. Und sofort raiste er auch wieder 150 und fing sich einen Call von Block ein. Also ohne überheblich sein zu wollen, darauf hätte ich wetten können. Der Flop zeigte A/4/T, ein nach Nervosität riechender, zitternder und aussehender Jack setzte mit 200 viel zu wenig und Block setzte Jack All-In. Jack schmiss seinen Schrott weg und war fast schon am Ende. Wir konnten seinem Abstieg zusehen, ab jetzt immer schneller. Die Blinds stiegen auf 50 / 100. Sein M lag jetzt bei 4,3, d.h. er hatte nur zwei Möglichkeiten zu gewinnen: Im Showdown mit der besseren Hand oder dadurch, dass die anderen aufgeben. Im Grunde blieb ihm fast nur noch der All-In.

Wenn der Big-Blind drei- bis viermal gewettet wird, dann hat man bereits die Hälfte der Chips gesetzt und es bleibt fast nur noch mitzugehen und damit All-In zu sein. Man kann also auch sofort All-In gehen und hoffen, dass das die anderen abschreckt und sie aufgeben. Also ging Jack mit 3/3 All-In und wurde wiederum von Block mit J/J gecallt. Block lag mit 4,5 : 1 vorne und ein sichtlich enttäuschter Jack verließ den Tisch. Ausgerechnet er. Das hatte er sich weiß Gott nun anders vorgestellt, aber der Pokergott hatte wohl was anderes mit ihm vor. Also weiter, denn Pokerspiel ist, um mit Anthony Holden zu sprechen, die Verkörperung des Musketiermottos, allerdings mit umgekehrten Vorzeichen: Keiner für alle und jeder für sich (und wenn man schon mal dabei ist, kann man dem Kerl, der am Boden liegt, ruhig noch einen Tritt verpassen).

Final Table

So schnell waren wir also im Bubble, der unangenehmsten Phase des Turniers. Es ist viel schlimmer kurz vor dem Geld, dem Final-Table oder Heads-Up zu verlieren als zu Beginn. Der Chip-Leader Block war nun der wichtigste Mann am Tisch, da er mit seinem Big-Stack einen nach dem anderen eliminieren konnte. Er hatte Selbstbewusstsein en masse. Jetzt schwor ich mir nur solide Hände zu spielen, da es sich der Chip-Leader leisten konnte, mitzugehen.

Aber Block verhielt sich in den nächsten Händen, die uns allen sowieso wenig brachten, entgegen allen Erwartungen zurück. Er stahl ein paar Blinds und wies einen Stack von gut 4.000, also mehr als der Hälfte, aus. Es war fast so als wartete er auf einen von uns. Dummerweise hatte ich das Gefühl, dass ich das nicht war. Er wartete auf Philipp. Das was nun folgen würde, schien ihm logisch. Klar, er konnte die Macht seines Stacks gegen unsere Stacks ausspielen, er konnte aber auch einfach abwarten und sich anschauen, wie Philipp und ich uns gegenseitig an die Gurgel gingen und eliminierten. Wer seinen Vorteil dem anderen gegenüber jetzt nicht nutzte und kein Selbstvertrauen zeigte, würde vermutlich raus sein. Wer zuckt verliert. Aber in der nächsten halben Stunde zuckte erstmal niemand. Keine Action, die Blinds waren schon bei 100 / 200 angelangt.

Philipp verfügte über 1.800 Chips, ich etwa über 2.000. Gar nicht so schlecht eigentlich gegen diese zwei Spieler, dachte ich. Ich sollte den Gedankengang bereuen. Von Karl Marx habe ich nie etwas gehalten. Ich lehne auch sein Credo ab, das Sein bestimme das Bewusstsein. Vielmehr glaube ich an Hegel und die mentale Stärke. Das Bewusstsein bestimmt das Sein. Seht euch Boris Beckers Spiele noch mal an. Also ich meine jetzt sein Tennis, nicht sein Poker. Dann könnt ihr sehen, wie mentale Stärke, Selbstbewusstsein und Selbstvertrauen wirken. Ein „Gar nicht so schlecht" reicht jedenfalls nicht. Fast gewonnen ist eben auch verloren und die zweitbeste Hand ist die teuerste. Wenn du nicht spielst wie um dein Leben, dann gute Nacht.

Ich raiste mit A/Q 600, Philipp ging mit, der Flop zeigte J/A/T. Wir gingen beide All-In und Philipp zeigte mir nach 7 und 4 sein A J. Das war es. Ich stand etwas betäubt auf und fand - und finde bis heute -, dass ich gar nicht so schlecht war, aber hier hatte ich wieder mal den Unterschied erleben dürfen. Das Glück ist mit den Tüchtigen. Freunde, wenn ihr mal gar nicht so schlecht seid, dann und genau dann, denkt mal genau über euch nach.

„Now we are heads up!", sagte der Dealer. Diese Situation hatte schon etwas Absurdes. Ständig musste der Dealer neu mischen, Philipp und Block tasteten sich ab, die Hände waren jetzt schon nach Sekunden vorbei, ohne dass etwas passiert war. Philipp spielte überragend, man merkte ihm die Nähe zu Las Vegas förmlich an. Mit psychologischem Geschick versuchte er das Spiel zu diktieren und begann langsam vorne zu liegen. Sein Pokerface gewann unglaublich an Format. Also man sah ihm gar nichts an. Er verfiel nicht in Hektik und zwang Block mit aggressivem Positionsspiel mehrfach zu Folds.

Jedes Heads-Up-Duell ist brutal und beklemmend. Die Startkarten sind hier am meisten wert. Ein Paar ist im Heads-Up eine sehr gute Hand, die im Durchschnitt beide Spieler nur alle 300 Hände halten.

Aber irgendwann ging es schnell. Verdammt schnell und ich fand verdammt unspektakulär. Bei Blinds von 200 / 400 waren beide All-In. Philipp zeigte A/Q, Block betrachtete die Karten, er sah Philipp an.

Was hatte der Zeitungsbericht noch mal gesagt? Wie war Block strukturiert? Block wollte nicht geschlagen werden. In seinem Elternhaus gab es kein Babyphon. Wenn er nachts weinend im Bett aufwachte, so hörte es niemand. Er verliess frühmorgens das Haus und kam wieder heim, wenn die Strassenbeleuchtung bereits eingeschaltet war. In der Zwischenzeit wusste meistens niemand, wo er war, es gab noch keine Handys. Er hatte keine Playstation, Nintendos, Xbox, 64 Fernsehsender, Videos, DVD's mit Dolby-Surround-Sound, MP3-Player, eigenen Fernseher mit Satellitenempfang, PC's und Internet. Er spielte Strassenfussball und durfte nur mitspielen, wenn er gut war. War er nicht gut genug, musste er zuschauen und lernen, mit der Enttäuschung umzugehen.

Und von diesen Vorkommnissen, die heutzutage alle wieder im Web aufleben, davon konnte Frank Block eine Menge berichten. Der Junge wollte was? Bitte, aber nicht von ihm. Frank Block zeigte seinerseits Q/Q und lag mit 70 : 30 vorne. Philipp brauchte jetzt dringend Hilfe vom Dealer. Ihr wisst schon was jetzt unweigerlich passieren musste. Das Ass fiel nicht und wir alle sahen den Chipstapel zu Block wandern. Philipp bewahrte seine Fassung, murmelte so etwas wie „So ist Poker" und ging mit seinen letzten Chips All-In. Und wie das ausging, das wisst ihr auch.

Ein geschlagener Philipp verließ den Raum und Block machte sich auf, die Formalitäten mit dem Casino-Manager zu klären. Ich sah Philipp den Druck deutlich an. Den Druck Stärke zu beweisen - gewinnen zu müssen oder zu wollen. Davon ist so leicht niemand frei. Ich erinnerte mich daran, wie Jack Philipp vorher noch mal zur Seite nahm. „Du musst auch schlechte Hände spielen, damit bringst du Block aus der Fassung. Denk dran Junge, ich zähle auf dich! Hol dir die 10.000! Hol dir deine WSOP."

Als er ging, sah ich in seinem Gesicht wie sich sein Ego einen triumphalen Sieg bei der WSOP vorstellte, ich sah sein Geld, seine Frauen, die Interviews. Ihn sah ich nicht mehr. Nicht am Flughafen, nicht im Flugzeug und auch nicht bei der WSOP – über ihn war jedenfalls nichts im Web zu lesen. Jack zuckte mit den Schultern. Der Deal in den Staaten brachte uns schließlich ein Vielfaches und unser Steuerberater würde sich schon was zum Absetzen einfallen lassen. Dafür sahen wir Frank Block im Flieger, der uns nur kurz grüsste. Tja Freunde, Poker ist wie mein letzter Tag begann - grau - und nicht wirklich positiv.

Was Börsenguru Andre Kostolany über das Zocken an der Börse gesagt hat, gilt auch analog fürs Pokern. Wer viel Geld hat, der darf pokern. Wer wenig Geld hat, der darf nicht pokern. Wer gar kein Geld hat, der muss pokern.

Was mit der A/8 Starthand beim Pokermord an Wild Bill Hickok 1876 für Aufsehen sorgte, was mit Moss und Dandalos über Doyle Brunson, Stu Ungar, Johnny Chan und mit Ferguson, Hellmuth und Ivey weitergeht, das wird von den Minieris dieser Erde weitergepflegt werden. Auf einem wesentlich anderen Level und mit neuen Namen.

Die neue Pokerwelt ist im Grunde die globalisierte Form der alten Pokerwelt. Die ungeheure Intensität und Sogkraft des Spiels bleibt auch weiter unser Swing, unser Faszinosum. Wir alle drängen zum großen Finale und glauben, ein großer Stack wäre echtes Glück. Diesen Irrtum bezahlen wir sehr teuer.

Tatsächlich sind wir alle Verlierer. Wir sind unsere eigenen Opfer und wollen es nicht wahrhaben. Das Spiel um Geld kennt nun mal keine ewigen Gewinner. Verlierer kennt es dagegen unendlich viele. Aber nicht die Existenz des Spiels ist das Problem, sondern unsere Entscheidung, daran teilzunehmen und damit Hoffnungen zu verbinden. Das wissen wir seit Fjodor´s Bestseller.

So sagt´s auch Brandon Adams: "There is no end of line. I´ve taken it to the end of line many times, and then figured out some way to take it further still."

Freunde, wir sehen uns am Final Table!

Glossar

A – Ace: Ass, die höchste Karte im Spiel, gilt bei einem > Straight wahlweise als höchste (nach dem König) oder niedrigste Karte (vor der 2) im Spiel

Add-On: Einkauf von zusätzlichen > Chips

All-In: das Setzen von allen > Chips, die der Spieler besitzt

Ante: gezwungener Einsatz von allen Spielern

Bankroll: das dem Spieler insgesamt zur Verfügung stehende Geld

Bet: Wette, im Sinne von Einsatz

Blind: gezwungene Wetten bevor die Karten verteilt werden, die beiden Spieler links vom >

Button müssen einen Mindesteinsatz bringen: der direkte Nachbar des Buttons des Big Blind, der zweite Nachbar den Small Blind

Big Blind (BB): die höhere gezwungene Wette (> Blind), meist das doppelte des > Small Blind

Bluff: setzen, obwohl die > Hand zu schwach ist um den Gegner zu vertreiben

Button: ein großer Chip, der den aktuellen > Dealer benennt und pro Runde im Uhrzeigersinn von Spieler zu Spieler wandert

Buy-in: Mindestumtauschbetrag an einem Tisch

Broke: Totalverlust eines Spielers

Call: den Einsatz der Mitspieler mitgehen

Cash-Game: Spiel um Bargeld

Cash-Out: > Chips in bares Geld tauschen

Check: schieben / nicht wetten

Chip: Spielgeld, für gewöhnlich spezielle Poker-Jetons

Clubs (c): Kreuz

Dealer: verteilt Karten und den Pot, leitet das Spiel. In der Regel verwaltet ein unbeteiligter Dealer das Spiel, während der > Button die Ablaufreihenfolge vorgibt.

Diamond (d): Karo

Downswing: Ernsthafte Reduzierung der > Bankroll

Draw: eine Karte fehlt der > Hand noch z.B. zur > Straight

Fake: Vortäuschung

Farbe: die 4 Arten der Spielkarte (Kreuz, Pik, Herz, Karo)

Fish: schlechter Spieler

Flop: die ersten drei Gemeinschaftskarten

Flush: fünf Karten gleicher > Farbe

Flush-Draw: Möglichkeit von 4 Karten einer > Farbe zur Fünften zu ziehen

Fold: passen, also das Ausscheiden aus einer Runde

Freeze-Out: Ausscheiden beim Turnier

FPP: Frequent Player Points – Bonussystem einiger Online-Plattformen, die häufiges Spielen mit in Wertgegenstände umtauschbaren Punkten belohnen

Hände / Hand: die im Besitz eines Spielers befindlichen Karten

Heads-Up: Situation, in der nur noch zwei Spieler gegeneinander antreten (z.B. wenn alle anderen > folden)

Hearts (h): Herz

Hole-Card: Karte, die nur der Spieler sieht

J - Jack: Bube

K – King: König

Limit: begrenzte Wetthöhe im Spielen, im Gegensatz zu No-Limit ist die Erhöhung pro Runde eingeschränkt

Long-Term: auf lange Sicht gesehenes Ergebnis, das Zufälle auf Dauer ausgleicht

Loose: viele > Hände spielen

nh – „nice hand": Chat-Abkürzung beim Online-Poker um dem Gewinner Respekt zu zeigen, wird gewöhnlich mit thnx („thanks") beantwortet

Nuts: bestmögliche > Hand

Odds: Wahrscheinlichkeit mit der eine bestimmte Kartenkombination erreicht wird

Offsuit: unterschiedliche > Farben

Outs: Karten, die die > Hand verbessern

Overcards: verdeckte Karte des Spielers, die höher als die Gemeinschaftskarten ist

Pair: Paar / Zwilling, zwei Karten mit dem gleichen > Wert

Pocket Pair: zwei Karten mit dem gleichen > Wert als > Hole Card

Preflop: Wettrunde vor dem > Flop

Q – Queen: Dame

Rainbow Flop: > Flop aus unterschiedlichen > Farben

Raise: Erhöhung

Rebuy: Wiedereinkauf in ein Turnier

River: die fünfte Gemeinschaftskarte

Satellite-Turnier: vorgeschaltete Qualifizierungs-Runde für eine größeres Turnier (z.B. > WSOP)

Set: Drilling, drei Karten mit dem gleichen > Wert

Shoot-Out: Ausscheiden eines Spielers aus dem Spiel

Skill-Game: reines Leistungsspiel ohne Glückskomponente

Small Blind (SB): die niedrigere gezwungene Wette (> Blind), meist ½ des > Big Blind

Spade (s): Pik

Stack: > Chips, die der Spieler vor sich liegen hat

Straight: Strasse – fünf Karten in der geschlossenen Reihenfolge ihres > Wertes

suited: Karten gleicher > Farbe

T – Ten: 10

Tight: ein Spieler spielt grundsätzlich nur gute >
Hände

Top-Pair: ein Spieler hat das höchste > Pair

Turn: die vierte Gemeinschaftskarte

Wert: die Bezeichnung der Spielkarte (2, 3, 4,
5, 6, 7, 8, 9, > T, > J, > Q, > K, > A)

WSOP: World Series of Poker, die jährlich in
Las Vegas stattfindende Weltmeisterschaft des
Pokerns